떼루의 채집활동

떼루의 채집활동

김종경 동시집

별꽃어린이

추천사

　　모처럼 유쾌한 동시를 읽었다. 김종경 시인의 동시는 생각을 빙빙 돌리거나 말을 적당히 끼워 맞추기 위해 고심하지 않는다. 하고 싶은 말을 요점만 골라내 독자에게 툭 던지듯이 제시한다. 쉽고 단순하면서도 장난기가 가득하다. 이 동시집을 읽는 어린이들은 가끔 꺅, 하고 소리를 질러댈지도 모른다. 세상의 만물에 깃든 동심을 이렇게 명쾌하게 포착하는 시인의 마음속에 어린이가 숨어있는 게 분명하다. 그 어린이는 대체로 쾌활한 편인데, 때로 아주 깊은 사유를 할 줄 아는 어린이이기도 하다. 「달팽이 할머니」에는 할머니가 보내준 채소를 다듬고 씻던 엄마가 "저기, 저기/ 할머니 오셨구나…." 하는 장면이 나온다. "허리 굽은 몸을/ 지팡이도 없이 잔뜩 웅크린 채" 기어가는 달팽이에게서 할머니를 보는 눈은 따스하면서도 짠하다. 동시가 가장 시적인 것에 다다르는 순간이다. _안도현 시인

4

푸른 지구별에서
함께 살다 떠난 방울이와
내가 세 번째 주인인 떼루.
내 영혼에 동시의 씨앗을 심어 준
이들에게 감사한다.

〈떼루의 채집활동〉은
자연과 동물을 사랑하는
시인의 따뜻한 마음을 담은
동시 여행이다.

차례

2부
숲속, 쇼핑센터

3부
꽃 박사 할머니

1부
개, 떼루의 산책

개, 무시

"여기는 꽃밭이니
반려견 출입을 금합니다."

울타리 밑 꽃밭에
화난 푯말 하나가
잔뜩 무게를 잡고 서있다.

뗴루는
변함없이 꽃밭 앞에서
실례를 한 후
시치미를 뚝 뗀다.

돌아서며 한마디,
"미안합니다, 나는 글자를
몰라요… 히히!"

동네 한 바퀴

나의 아침 알람은
강아지와 새들의 노랫소리

강아지가 노래를 부르면
참새와 까치들이
시끄러워 못 살겠다고
전봇대 위에서
대책 회의를 한다.

아침마다 눈만 뜨면
서로 먼저 동네 한 바퀴 돌겠다고
떠들며 싸우는 소리

멍, 멍, 멍
짹, 짹, 짹

활짝 핀 꽃들만

함박웃음으로 인사하지요.

강아지 농사법

우리집 강아지 떼루는
농사를 잘 지어요.

매일매일 동네 한 바퀴,
뒷발을 살짝 들고,
쉬를 한 후
부지런히 땅을 파고 덮습니다.

자동차 바퀴, 전봇대,
여기저기
따듯한 거름을 줍니다.

아침이면
쌩쌩해진 자동차들은
신나게 출근하고
골목길 가로등도
환하게 불 밝힌답니다.

강아지 농부님이
지나갈 때면,
야생화들도 환한 미소로
손 흔들어 인사하지요.

동시통역

부드럽고 경쾌한 목소리로
'멍, 멍, 멍'
안녕! 나야 나

목소리가 높아지며
'앙~앙~앙'
눈 부릅뜨면
넌 누구냐?

뒷걸음질 치며
'낑, 낑, 낑'
목소리 작아지면
아이! 무서워!

꼬리를 흔들며
'컹! 컹! 컹!'
다가오면
밥 좀 줘~

방긋방긋 웃으며
'끙~끙~끙~'
다가오면
간식 좀 달라고!

이빨을 드러낸 채
'왕! 왕! 왕!'
목소리 높이면
까불면 물어버릴 거야!

......

종종걸음으로 쫓아다니며
'낑낑낑~'
보채기 시작하면
화장실, 화장실 급해!

강아지 말은 딱 한마디,
그것도 몽땅 반말이야.

멍멍멍!

떼루의 채집활동

떼루는
산책만 나오면
냄새를 맡느라
쉴 새 없이 코를 벌름거려요.

길바닥에서 발견한
장수풍뎅이 한 마리
몸이 뒤집힌 그놈을 구해 주려다,
날카로운 풍뎅이 발톱에
깜짝 놀라 깨갱!

개구리와 두꺼비가 냄새를
풍기면 움찔하며
깜짝 놀라 눈을 감고.

언제 코를 물렸는지,

부어오른 콧구멍을
쉴 새 없이 벌름거리는
호기심쟁이 떼루.

떼루의 마음

아빠는
아침저녁 나를 데리고
마을 산책을 합니다.

아랫집 호두, 윗집 보리, 아랫마을 딸기까지
내가 부러워
시끄럽게 짖어댑니다.

아빠는 이놈들 조용히 해라!
야단을 쳐보지만
이미 동네는 부러움에 들썩거리죠.

나는 더 신이 나서
골목길까지 돌아다니며
요란스레 흔적을 남깁니다.

가끔은
목줄 없이 혼자 나와
동네 강아지들과 실컷 떠들며
마음껏 뛰놀고 싶답니다.

미식가 떼루

떼루는
주인 몰래
복숭아 씨와 포도송이를 꿀꺽했어요.

응급실로 실려 가서
하룻밤 입원하고
수술 후에 집으로 왔답니다.

아무거나 먹지 말라는
잔소리는
귓등으로 들은 척, 못들은 척.

떼루는
오늘도
마당에 들어온 개구리를 잡겠다며
이리저리 뛰어다녀요.

먹는 재미가 제일이라며
일단은 먹고 보는
미식가 뼤루.

오늘도 무얼 먹을까
여기저기 킁킁
냄새를 맡으며 돌아다닙니다.

좀비들의 산책

산책로마다
좀비가 되어
걷는 사람들,

아침마다 저녁마다
강아지 목줄에 끌려나와
기지개와 하품을 하며
이리저리 돌아다녀요.

강아지들만
이래저래 신났습니다.

눈사람이 된 방울이

함박눈 내리던 날
총총한 발자국을
자꾸 뒤돌아보며 걷던
방울이.

입양 첫날 방울을 달고 와
방울이로 살았어요.

솜 눈이 휘날리자
쓸쓸한 방울이 눈망울이
촉촉하게 젖었는데

조용히
하늘을 바라보더니
어느새
눈사람이 되었네요.

강아지유치원

여름 방학이 되면
엄마 아빠는
형과 누나만 데리고
여행을 떠나요.

나만 홀로 맡겨져
심심해 죽겠어요.

이제 나도 형처럼
⟨Dog kinder garden⟩에 갈래요.

영어를 배우면
먼 나라 가는
비행기도 탈 수 있으니까요.

이제부터는
멍, 멍, 멍 대신
Mong, Mong, Mong

어때요?

떼루는 천재

사람들 발자국 소리
다 알아듣는 떼루

아빠 발자국 소리
할아버지 발자국 소리
그리고 내 발자국 소리
다 알아듣는 떼루.

저 멀리 자동차 소리만 들어도
누가 집에 오는지
다 안다.

살금살금 길냥이
엉금엉금 두꺼비 발걸음까지
다 알아듣는
천재 중의 천재야!

업둥이 호두

강아지 한 마리가
우리 집 안마당에 침입했어요.
이름은 호두에요.

아빠가 몇 번을 쫓아냈지만
한 밤 자고 다음날
두 밤 자고 다음날
세 밤 자고 또 다음날
다시 돌아와 꼬리를 살랑살랑.

며칠만 더 기다려 보고
유기견 센터로 보낸다네요.

다음 날 주인이 찾아와
죄송하고, 감사했다고…

호두는 주인 한 번,
아빠 한 번 쳐다봅니다.

떼루의 실망

뒷산에 반려동물 화장터와 장례식장이 들어올 거래요.

결사반대,
빨간 현수막이 온 동네에 휘날렸어요.

청정지역 주택가에 동물 화장터가 웬 말이냐?

빨갛고 까만 깃발이 여기저기 펄럭펄럭
아파트값 떨어질까 봐 청정지역 부르짖는 어른들

떼루가 실망한 눈빛으로 쳐다봅니다.

옛날이야기

아주아주 옛날
초복, 중복, 말복만 되면
온 동네 개들이
쥐도 새도 모르게
사라져 버렸대요.

말복만 지나면
강아지들 얼굴에
웃음꽃 가득 피어났다는
전설이 있었대요.

2부
숲속, 쇼핑센터

숲속, 쇼핑센터

갈참나무 울창한 숲속에서
몰래 볼일을 본 후
낙엽 무덤을 만들어 놓고
뛰어 내려왔어요.

아뿔싸!
갈참나무 그늘 아래
핸드폰을 두고 왔네요.

서둘러 뒷산에 가보니
토끼와 노루, 산새들까지
핸드폰 앞에 옹기종기 모여 앉아
숲속 쇼핑에 빠져 있지 뭐예요.

부지런한 다람쥐 택배들은
벌써 겨울 간식을

잔뜩 배달해 놓았어요.

주소는 뒷동산 첫 번째 고갯마루
세 번째 갈참나무 앞.
쇼핑 결재는
살찐 도토리
다섯 알이 전부래요.

핸드폰을 빼앗아 내려오다가
숲속 친구들에게 심각한 한마디,

"애들아~,
나 똥 밟았다!
내 똥~~."

가장 크고 아름다운

폭염에 숲속마저
타들어 가던 날

상수리나무 둥지엔
붉은 새매 새끼들이
옹기종기 모여앉아

짹,
   짹,
      짹!

어미 매는
파라솔 날개를 활짝 펼친 채
온종일 앉아 있어요.

세상에서
가장 크고
아름다운 파라솔이에요.

잃어버린 집

삐용, 삐용~

처마 밑 왕벌집이
감쪽같이 사라졌어요.

온종일 비행을 마친 후
집으로 돌아온 말벌들은

장맛비를 맞으며
통째로 사라진 집을 찾아
웡, 웡, 웡
울고 있어요.

이젠 말벌들이
119 구조대를 부를 때예요.

충전 완료 비행

참새와 제비들이
전깃줄에
줄지어 앉아 있어요.

아침 일찍 충전을 마친 후
일제히 날개를 펴고
부릉부릉 시동을 겁니다.

휘리릭
　　　휘리릭
　　　　휘리릭

다음은
까치와 비둘기들
충전 차례랍니다.

47

생강나무

봄이 오면
나무들은 눈부터 먼저 뜬대요,
가장 빨리 세상을 보고 싶다고.

숲에서는
부지런한 생강나무가
일등으로 꽃눈을 뜬대요.

노란 꽃망울로 초롱초롱
어?
나랑 먼저 눈이 마주쳤네요.
찡긋.

숲속 도서관

숲은 커다란 도서관

책들이 빼곡히 줄을 서서
깊은 잠을 자고 있지요.

거대한 고요의 숲속,

크고 작은 생각들
다글다글 모여 떠드는
숲과 숲을 오가며
불어오던 바람 소리

숲속 정령이 다정한 귀엣말로
나를 불러 세우지요.

"책갈피 갈피마다
시원한 바람 좀 쐬어주세요"

도서관 숲속을 거닐다보면
숲속 요정의 노랫소리
딱따구리 책 읽는 소리도 들려요
딱딱 따아악.

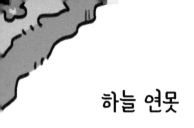

하늘 연못

연못 속에 하늘이 담겨 있어요
흰구름 배가 둥둥 떠다녀요.

비단잉어 한 마리
구름을 흩뜨리며
유유히 하늘을 헤집고

가끔 새와 비행기는
하늘을 비껴가다 실종되고

엄마 따라 나온
아기 오리들은
깜짝 놀라 도망가네요.

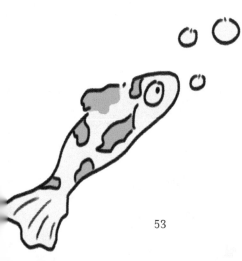

53

블루베리의 수난

블루베리 나무를 점령한
송충이를 잡으려고
나무젓가락 쓱 내밀었더니
글쎄,
땅으로 뚝 떨어지면서

"송충이 살려라~~."

송충이는 죽는시늉 천재지만
블루베리 나뭇잎을 몽땅 갉아먹는
나쁜 녀석

54

블루베리 달콤하게
잘도 익어가는데,

그럼, 뭐하나~
오늘은 직박구리가
디저트로 몽땅 냠냠!

숲속 CCTV

단풍나무 숲으로
소풍 갑니다.

두리번
두리번

에라, 모르겠다!
볼일을 보는데

다람쥐 한 마리
낄낄거리며
올려다봅니다.

산까치 두 마리도
머리 위에서

"시원하지?"

오줌을 찍 싸고 갑니다.

숲속에도
CCTV 천지네요.

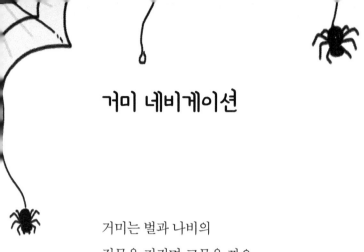

거미 네비게이션

거미는 벌과 나비의
길목을 지키며 그물을 짜요.

꽃과 나무 사이
땅과 하늘을 잇는 길목마다
짜 놓는 함정

곤충들에게도
거미줄을 피해 다닐
내비게이션이 필요해요.

할미꽃

봄 벼랑 끝에
앉아 있는
동강할미꽃

세상을 굽어
내려다보는
나이 많은 꽃

개미의 조문

땅속에서 7년
나무 위에서 일주일

여름을 울며 살던
매미가 툭,
나무 위에서 떨어지자

개미들이 줄지어
조문을 온답니다.

온 몸을 넘겨 받는
엄숙한 장례식을 치릅니다.

길잃은 지렁이가
햇빛에 말라 죽어 갈 때도
개미들이 제일 먼저
달려온답니다.

오리의 행렬

아기오리 아홉 마리
엄마 오리 따라
마을 앞 개울가에 놀러왔어요.

연못에서 태어나
큰 호숫가를 찾아
차들이 쌩쌩 달리는 큰길을
무단횡단해서 왔답니다.

엄마 오리는
아기오리 아홉 마리와
신나게 물놀이를 해요.

어둠이 내리자
달빛도 가로등도 피곤했는지
모두 잠들었어요.

오리 가족을 노려보던
삵의 눈빛이 번쩍,
아침 햇살에 빛났어요.

그 순간, 엄마 오리가
큰 소리로 꽥, 꽥, 꽥
아기오리 아홉마리 줄지어
힘차게 헤엄쳐 따라갑니다.

잠수함

장마철이면
길고양이 집은
깊은 바닷속을 항해하는
잠수함

비가 멈추면
젖은 잠수함에 걸터앉아
햇빛을 기다리지요.

감나무 등대

뒷마당 감나무는
하루 종일 누굴 기다리는지,
울타리 밖으로
긴 목을 내밀고 있어요.

저녁이면
주렁주렁 매달린 노을 주머니들
골목길마다
감나무 등대 환하게
불을 켜기 시작합니다.

눈꽃

얼마나 급했으면
추운 겨울날,
먼저 꽃을 피웠을까?

간절한 네 마음
코끝 시리게 한
눈꽃 향을 맡아본다.

개똥쑥

쑥쑥 자라서
쑥이랍니다.

개똥밭에서도
무럭무럭

하룻밤만 자고나면
소리 없이 쑥쑥,

나도
얼른 쑥쑥 커서
어른이
되고 싶었어요.

이젠
개똥쑥도 개똥밭도
거기서 뛰어놀던
아이들도
사라지고 없어요.

참새 쫓던 닭 이야기

참새들이
닭장 안 먹이를 훔쳐 먹어요.

눈만 말똥거리던 닭들은
참새들과 같이 살기로 했어요.

참새들은 닭장 밖 이야기를
쉴 새 없이 물어다 주었어요.

그런데 어느 날,
닭장 안이 텅텅 비었어요.

닭들은 세상 밖이 궁금했대요.
밖에 나간 닭들은 처음엔 신났지만
하늘을 날 수 없어서
다시 집으로 돌아왔다네요.

두꺼비 호송 작전

우리 동네 황금 두꺼비는
가로등 불이 달빛인 줄 알고
밤이면 큰길에 나오곤 했답니다.

불빛 아래 떨어진 날벌레 곁으로
살금살금 기어가
두 눈 껌벅대다,
긴 혀를 번개처럼 내밀어
벌레를 낚아채곤 했지요.

아침 해가 높이 뜬 날,
장의사 까마귀들이
자동차에 치어
세상을 떠난 두꺼비를
하늘로 데려가는 걸 보았어요.

아빠와 나는
가로등 불빛 아래로 모여드는
새끼 두꺼비들을
우리 농장으로 옮겼어요.

그날 밤
반딧불이도 몰려와
깜박깜박 불 밝히며
호송 작전을 도왔답니다.

대왕고래의 사냥법

세상에서 제일 큰 입을 벌린 채
세상에서 가장 작은 새우를 기다리는
대왕고래의 신기한 사냥법

대왕고래 밥상은
버스 한 대 분량의 바닷물과
크릴새우 200만 마리

그것도 한꺼번에 꿀걱,

대왕고래의 배 속은 크릴새우들의 왕국이겠지?

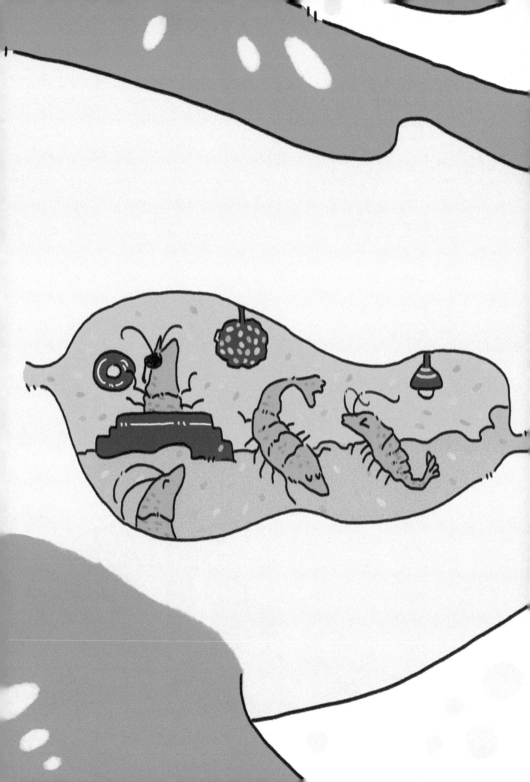

문제아

죽음의 문턱 앞에서
비굴하게
두 손 두 발
싹싹 비벼대며
빌고 있는

너는
누구냐?

파리채는
결국,
허공을 힘차게
가르고.

밤 울음소리

어젯밤 고라니 한 마리가
자동차 불빛에 치어 세상을 떠났다.

새끼랑 우리 밭에 와서
상추와 콩잎을 뜯어먹고
까만 똥 싸면서 달아나던
고라니였을까?

오늘 밤 뒷산에서 들리는
고라니 울음소리
유난히 크고 또렷하다.

가족을 부르는 소리일까?
자리에 누웠는데
온 숲이 같이 우는 것만 같다.

3부
꽃 박사 할머니

꽃 박사 할머니

할머니는 박사님.

우리 동네에서
가장 아름다운 박사님이에요.

글씨를 모르는 할머니,
그래도 박사님이에요.

우리 동네에서
가장 아름다운
꽃밭 주인님이에요.

그래서 나비와 벌들은
할머니를 박사님이라고
불러요.

세상에서 가장 멋진
꽃 박사님, 우리 할머니.

벚꽃

땅바닥에
나뒹굴며 휘날리던
봄의 전령들!

하느님,

제발 이 쓰레기들을
그만 버리세요!

정말 싫거든요.

방과 후
학교 마당을 청소하던
나의 기도.

달팽이 할머니

시골에서 올라온
택배 보따리를 풀어
다듬고 씻던 엄마

싱글벙글하더니
싱크대 구석을 가만히 쳐다본다.

-저기, 저기
할머니 오셨구나….

허리 굽은 몸을
지팡이도 없이 잔뜩 웅크린 채

물 빠진 싱크대를
한없이 기어, 기어서
올라가는 달팽이 한 마리.

아빠는 도둑

아빠는 일기 도둑이에요.

방학이 끝날 때면
한꺼번에 남의 일기를 훔쳤대요.

아!
그때 인공지능 챗봇 친구만 있었어도
아빠는 신나게 일기를 썼을 텐데,

지금도
일기 도둑을 꿈꾼다는
우리 아빠.

신통방통한 날

안 아프다는
할머니 말만 믿고
한의원에 따라갔어요.

눈 딱 감고
침 한 대면 된다더니
두 대, 세 대,…
깜짝 놀라서
펑펑 울었어요.

한쪽 발목이 삐끗,
할머니에 대한
내 마음마저 살짝 삐끗했던 날.

할머니 등에 업혀 갔다가
나올 땐 혼자서 걸어 나온
신통방통한 날이에요.

나는 강아지

할아버지 할머니는
나를 강아지라고 부르신다.
우리 방울이 기분 나쁘면 어쩌려고….

"방울아~, 학교 같이 갈래!"
-왜, 어른들은 너를 강아지라고 불러?

"그거야, 내가 방울이처럼 예뻐서 그렇겠지."
-그래? 그럼 내가 너보다 더 예쁜 거네?
"아마, 그럴 거야."

-아~ 그럼 네가 계속 강아지 해.
내가 이제부터 진짜 네가 될게.
하하

개판

텔레비전에
강아지들만 나오면
세상이 개판이라며
채널을 돌리시던
할아버지

그래도 이젠
개만도 못한 사람보단
개들이
백번 더 낫다신다.

보름달 신호등

횡단보도 정지선 앞에
아빠 차가
멈췄어요.

하늘에 매달린
보름달 신호등은
노란불

신호등에
파란불이 들어오자
뒤차들이
빵, 빵, 빵……

보름달 신호등만 바라보던
우리 아빠,
깜짝 놀라 출발하지요.

오늘 밤엔 보름달이
아빠 차만 따라다녀요.

아빠의 실종사건

어릴 때 아빠는
식구들 몰래
강아지 집에 들어가
잠을 잤대요.

밤새, 거기서
무슨 일이 일어났는지는
아무도 몰라요.

시험도, 숙제도
잔소리도 없는 좋은 나라에
살고 싶던 우리 아빠.

오늘은 엄마 잔소리를 피해
강아지 집 앞에서
꾸벅꾸벅 졸고 있는
술 취한 우리 아빠.

친구 사이

방울이와 나는
동갑내기 친구예요.

사람과 강아지는
나이 계산법이 달라요.

내가 열두 살이면
방울이는 여든 넷 할아버지.

나는
"학교 다녀오겠습니다"

강아지는
"그래, 잘 다녀오거라"

방울이 생각

방울이 소원은
단 하나

엄마 아빠가
하루빨리
실업자가 되는 거

그래야, 온종일
놀아주고 산책하니까

어쩌면
방울이 마음이랑 내 마음이랑
이렇게 똑같을까!

개나리 아파트

노오란 웃음꽃
활짝 피어나고
참새들의 노래자랑
매일매일 시끄러워도
우리 엄마처럼
집과 학교 걱정 필요 없는
개나리 아파트.

야단맞은 날

엄마 아빠!
다음에 태어나면 우리 꼭,
바꿔서 만나요!

내가 다시 태어난다면
엄마 아빠도
내 맘대로 선택할 거예요.

이왕이면, 유효기간도
내 맘대로 정해서
때가 되면
다시 바꿀게요,

어때요?

무료 급식소

쌈지공원에
매일 할아버지가 오신다.

"얘들아! 아침밥 먹자!"

비둘기, 참새, 까마귀……
다람쥐와 길고양이까지
눈 비비며 몰려들지요.

어디선가 긴급 출동한
까마귀 부부는
불청객 솔개를
멀리멀리 쫓아 버렸어요.

매일매일 세상에서 가장 행복하고
맛있는 무료 급식소가 열려요.

미용실 풍경

햇살도
내 머리카락도
미용사 누나의 가위질에
사각사각 잘려요.

누군가
코 고는 소리에
놀라서 깨어보니

미용사 누나가
나를 보며
웃고 있어요.

마법의 세상

핸드폰을 샀다!
드디어 내 손안의 우주

야호!
이제부터 마법의 세상이야.

할머니는 알뜰폰,
내 거는 스마트폰.

나도 이젠 어른이야.

시간 택배

택배비 오천 원이면
할머니 마음 보따리를
집 앞까지 배달해 준대요.

금강산도 식후경

돈가스
아이스크림 주문조차
잊어버린 채

유튜브와 게임 속으로…

엄마도 못 말리는
우리만의 시간,

금강산도 식후경이란
옛날 말은 몰라요.

따로따로

할머니는 무료 지하철로 절약모드.
아빠는 휴일이면 잠만 자는 충전모드.
엄마는 매일매일 바쁘다고 활동모드.
우리들은 눈치만 호시탐탐 게임모드.

파랑새

하양은 백로와 두루미
검정은 까마귀와 까막따다구리
노랑은 꾀꼬리와 노랑할미새
파랑은 파랑새와 내 마음

비인간 존재들과 통역하는 동시

장세정(동시, 동화 작가)

김종경 시인은 시집 『기우뚱, 날다』(실천문학사, 2017)와
『저물어가는 지구를 굴리며』(별꽃, 2022)를 통해 변방의 것들
이 지닌 민중성과 서정성을 잘 버무려 보여준 바 있다. 용인
지역의 언론인, 출판인, 시민, 시인으로서 튼실한 행보를 보
여주고 있는 그가 이번엔 어린이와 함께 읽을 수 있는 동시로
새로운 집을 지었다. 김종경의 호기심과 동심이 어디로 향하
는지 따라가 보자.

쑥쑥 자라서
쑥이랍니다.

개똥밭에서도
무럭무럭

하룻밤만 자고 나면
소리 없이 쑥쑥

나도
얼른 쑥쑥 커서
어른이
되고 싶었어요.

이젠
개똥쑥도 개똥밭도
거기서 뛰어놀던
아이들도
사라지고 없어요.

(「개똥쑥」 전문)

김종경은 어른이라면 한번 쯤 품을 법한 소망 하나를 개
똥쑥에 부려놓는다. 겨울이 지나고 봄이 오면 개똥쑥은 빈터
나 길가, 강가 등 어디에서나 고개를 내민다. 높이가 1m에 달
할 만큼 쑥쑥 자라는 개똥쑥은 향이 강하여 주로 약으로 쓰
인다. 비비면 잎에서 개똥 냄새가 난다는 둥 개똥밭에서도 잘

자란다는 둥 어원에 대한 의견이 분분하지만, 이 시에서 개똥쑥은 화자가 어린 시절 품었던 약발 강한 성장에의 욕구이면서, 어른이 된 지금은 잃어버린 유년의 시간이다. 마지막 행의 "사라지고 없"음에 대한 '자기 인식'은 잃어버린 것에 대한 향수이면서 '어린이 마음'을 향해 다시금 손을 내밀고픈 반어로도 읽힌다. 비인간 존재인 개와 자연에 입을 주고 말을 걸면서 김종경 시인은 어떤 자세로 어린이 마음에 밀착해 들어가고 있을까?

통역하기

부드럽고 경쾌한 목소리로
'멍, 멍, 멍'
안녕! 나야 나

목소리가 높아지며
'앙~앙~앙'
눈 부릅뜨면
넌 누구냐?

뒷걸음질치며
'낑, 낑, 낑'
목소리 작아지면
아이! 무서워!

꼬리를 흔들며
'컹! 컹! 컹!'
다가오면
밥 좀 줘~.

방긋방긋 웃으며
'끙~끙~끙~'
다가오면
간식 좀 달라고!

이빨을 드러낸 채
'왕! 왕! 왕!'
목소리 높이면
까불면 물어버릴 거야!

......

종종걸음으로 쫓아다니며

'낑낑낑~'

보채기 시작하면

화장실, 화장실 급해!

강아지 말은 딱 한마디,

그것도 몽땅 반말이야.

멍멍멍!

(「동시통역」 전문)

　　이 시는 의성어의 또다른 의미를 유추하면서 입말체로 읽고 즐기기에 적합한 시다. 엄마가 아기의 몸짓과 울음을 통해 아기의 욕구와 필요를 이해하고 채워주듯, 반려동물의 소리와 몸짓에 동화되어 동시통역하듯 들려주는 화자가 등장한다. 각 연마다 상황에 따라 다른 소리와 몸짓을 하는 개가 묘사되고, 8연과 9연에서는 이 모두가 결국엔 "딱 한 마디,/몽땅 반말"인 "멍멍멍!"으로 귀결된다. 서로 다른 언어를 쓰는 존재들이 상대의 말을 번역하여 그 뜻을 알게 하는 것이 통역이다. 동시통역은 상대방의 언어에 대한 완전한 이해를 바탕으로, 언어의 의도나 배경, 상황까지 파악하고 고려할 때

가능하다. 화자와 시적 대상은 삶의 경험을 나누고 마음을 잇대어 살기에 유려한 소통의 지점을 확보했다. 아기를 사랑하지 않는 사람에게 아기의 울음은 그저 소음에 불과하다. "멍멍멍!"이라는 짖음은 그 뜻을 섬세하게 잡아챌 수 있는 주체에게만 세심한 의미로 전달되는 구체적이고 생동하는 언어인 것이다. 수직적이지 않고 수평적인 '반말'의 관계에서 꼭 필요한 몇 마디로도 영혼의 넘나듦은 충분하다고 이 시는 말하고 있다. 서로 다른 언어를 가진 존재와 진정성을 가지고 평등하게 소통하려는 태도를 엿볼 수 있다.

연대하기

우리 동네 황금 두꺼비는
가로등 불이 달빛인 줄 알고
밤이면 큰길에 나오곤 했답니다.

불빛 아래 떨어진 날벌레 곁으로
살금살금 기어가
두 눈 껌벅대다,
긴 혀를 번개처럼 내밀어

벌레를 낚아채곤 했지요.

아침 해가 높이 뜬 날,
장의사 까마귀들이
자동차에 치어
세상을 떠난 두꺼비를
하늘로 데려가는 걸 보았어요.

아빠와 나는
가로등 불빛 아래로 모여드는
새끼 두꺼비들을
우리 농장으로 옮겼어요.

그날 밤
반딧불이도 몰려와
깜박깜박 불 밝히며
호송 작전을 도왔답니다.

(「두꺼비 호송 작전」 전문)

야행성인 두꺼비는 달빛에 반응한다. 달빛 아래 세상을 느긋하게 거니는 두꺼비는 가로등 불빛에 이끌려 큰길로 나와 날벌레를 잡는다. 이 시대를 사는 두꺼비에게 부여된 이 불가항력적이고 매혹적인 모험은 안타깝게 로드킬로 끝나는 경우가 많다. 로드킬을 본 화자는 두꺼비의 영혼을 까마귀 장의사에게 의탁하고, 아빠와 함께 새끼 두꺼비들을 자신의 농장으로 옮긴다. 살아남은 자의 슬픔 곁에 반딧불이도 함께 한다. 로드킬의 잔인함과 슬픔을 다룬 시들이 적지 않지만, 상상력을 통해 죽음을 죽음답게 대접하고 남겨진 새끼들을 거두며 남은 시간을 함께 이어가려는 연대의식은 이 시가 갖는 차별성이라 할 수 있다. 이런 연대의식은 "땅속에서 7년", "나무 위에서 일주일"을 살고 죽음을 맞은 매미를 "개미들이 줄지어 조문"하며 "온몸을 넘겨받는/ 엄숙한 장례식을 치"른다고 표현한 「개미의 조문」에서도 느낄 수 있다. 죽음의 자리에서 살아온 날들에 대해 서로가 증인이 되고 울어주는 것, 그리고 남은 날을 손잡고 걸어가 보는 것, 이것이 우리가 함께인 이유라고 시인은 말하고 싶은 게 아닐까? 아래 시 또한 소리에 귀를 댄 채 인간 아닌 존재들과 통역하며 서로에 대한 깊은 연대감을 일깨운다.

어젯밤 고라니 한 마리가
자동차 불빛에 치어 세상을 떠났다.

새끼랑 우리 밭에 와서
상추와 콩잎을 뜯어먹고
까만 똥 싸면서 달아나던
고라니였을까?

오늘 밤 뒷산에서 들리는
고라니 울음소리
유난히 크고 또렷하다.

가족을 부르는 소리일까?
자리에 누웠는데
온 숲이 같이 우는 것만 같다.

(「밤 울음소리」 전문)

유머

"여기는 꽃밭이니

반려견 출입을 금합니다."

울타리 밑 꽃밭에
화난 푯말 하나가
잔뜩 무게를 잡고 서있다.

떼루는 변함없이
꽃밭 앞에서
실례를 한 후
시치미를 뚝 뗀다.

돌아서며 한마디,

"미안합니다, 나는 글자를
몰라요… 히히!"

(「개, 무시」전문)

이 시는 다짜고짜 금지어로 시작한다. 화가 나서 무게를
잡고 있는 푯말은 금기와 권위주의를 상징한다. '꽃밭이니 반

려견은 안 된다'는 분명한 표지에도 떼루는 "실례"를 한다. '실례'는 말이나 행동이 예의에 어긋나는 것을 말하는데, "시치미"라는 표현을 통해 떼루가 오줌 싸는 행위를 자주 의식적으로 함으로써 실례를 즐기고(?) 있음을 알 수 있다. 그 이유가 마지막 연 "미안합니다. 나는 글자를/ 몰라요…히히!"에 나타나 있는데, 이는 떼루의 실례가 본능에 따른 습관적인 배설이 아닌 금기와 권위주의에 대한 치밀한 도전임을 보여준다. 시치미는 알고 있으면서 모르는 체 하는 태도다. 이것은 금기에 대해 정면으로 맞대응하기보다 자신을 낮춤으로써 팽팽한 긴장에 균열을 내는 태도다. 상대의 언어는 있는 그대로 받되 자신의 욕구는 부정하지 않으면서 유연하게 대처하는 방법인 것이다. 시인은 이 시를 시집의 첫 자리에 올려둠으로써, 각자의 자리와 영역은 필요하고 존중해야 하지만, 지나친 금기와 권위주의는 유머로 균열을 내며 균형을 찾아가야 한다고 강조하는 듯하다.

하나되기

함박눈 내리던 날
총총한 발자국을

자꾸 뒤돌아보며 걷던
방울이.

입양 첫날 방울을 달고 와
방울이로 살았어요.

솜 눈이 휘날리자
쓸쓸한 방울이 눈망울이
촉촉하게 젖었는데

조용히
하늘을 바라보더니
어느새
눈사람이 되었네요.

(「눈사람이 된 방울이」 전문)

함박눈 내리던 날 자기 발자국을 돌아보는 방울이의 모
습은 눈 오는 날을 즐기는 개의 모습치고는 정적이다. 생의
겨울을 맞아 자신의 삶을 돌아보는 모습으로도 읽을 수 있겠

다. 방울을 달고 와 방울이로 산 세월을 회상하는 장면이나 촉촉하게 젖은 쓸쓸한 눈망울이 이를 뒷받침하고 있다. 생의 마지막이나 이별의 순간에 조용히 하늘을 올려다보다 하늘에서 온 눈과 하나가 되는 모습은 처연하고 아름답다. 정황이 다소 모호한 면이 있지만 눈발이 날리는 흐릿한 풍경 속 눈사람으로 남는 방울이의 모습은 또렷하다. 눈 오는 어느 날의 특별한 한 순간이든, 생의 마지막 순간이든 자연의 일부인 생명이 자연 속에 자연스럽게 녹아드는 모습을 그야말로 자연스럽게 그렸다. 자연과 합일된 존재가 시에서 자유자재로 몸을 바꾸는 것은 시인의 의도와 상관없이 불쑥 드러나는 시적 진실 같은 것일지도 모른다.

시골에서 올라온
택배 보따리를 풀어
다듬고 씻던 엄마

싱글벙글하더니
싱크대 구석을 가만히 쳐다본다.

-저기, 저기

할머니 오셨구나….

허리 굽은 몸을
지팡이도 없이 잔뜩 웅크린 채

물 빠진 싱크대를
한없이 기어, 기어서
올라가는 달팽이 한 마리.

(「달팽이 할머니」 전문)

　　시골에서 온 할머니의 택배 보따리에서 나온 달팽이를
통해 엄마는 할머니를 본다. 느릿느릿한 걸음, 웅크린 몸, 굽
은 등과 같은 외적 유사성에서 기인한 발상 같지만, 실은 택
배를 보낸 할머니와 받는 엄마의 그리움이 만나 발현된 내적
동기의 결과물이다. 시공간을 초월하는 이러한 몸 바꾸기는
애초에 서로가 하나였다는 강한 연결감에서 온다. 세상은 나
이와 종과 성별과 공간으로 우리를 분리하려 들지만, 처음부
터 모든 생명은 하나라는 인식이야말로 우리를 풍요롭고 자
기답게 한다. 분리와 위계를 의식하지 않는 상태의 온전한 하

나됨이야 말로 어린이가 자연과 삶을 대하는 태초의 자세가 아니었을까?

　김종경의 동시는 비인간을 동시의 주체로 내세우는 자세를 헤아려보게 한다. 인간 중심적인 근대적 휴머니즘의 모습을 넘어 경계없이 위계없이 몸을 바꾸며 하나되기를 꿈꾼다. 마지막 시 「파랑새」또한 하양, 검정, 노랑으로 나뉜 다양한 색깔이 실은 "파랑은/ 파랑새와 내 마음"이라고 고백하기 위한 탐색의 과정이며, 앞으로 쏟아낼 김종경 동시의 활발한 질문의 단초라 믿는다. 그 질문들에 답하며 개똥밭에서 개똥쑥과 하나 되어 놀던 아이가 돌아와 동시라는 놀이터에서 뭇 생명들과 온전히 하나 될 수 있기를 진심으로 응원한다.

떼루의 채집활동

초판 1쇄 발행 2024년 11월 10일

지은이   김종경
그린이   몽달
펴낸이   박숙현

펴낸곳   도서출판 별꽃
출판등록   제 562-2022-000130호
주소   (17090)경기도 용인시 처인구 지삼로 590 CMC빌딩 307호
전화   031-336-8585
팩스   031-336-3132
E-mail   booksry@naver.com

ISBN 979-11-94112-09-9(73810)
값 12,000원

• 이 책은 용인특례시, 용인문화재단의 2024년도 문화예술공모지원사업을 지원받아
  발간·제작되었습니다.